**de la Tierra** Historia
**Historia de la Ti**
de la Tierra

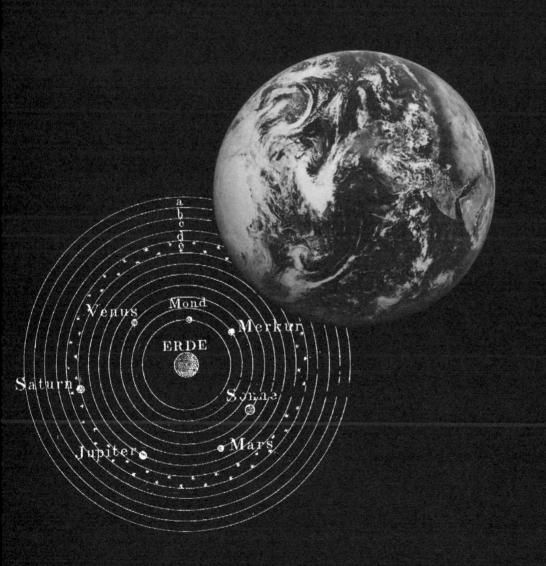

Índ

DESCUBRE... LA TIERRA Y EL COSMOS

D.R. © del texto: José Luis Trueba Lara
D.R. © de las ilustraciones: Osvaldo Cortés

De esta edición:
D.R.© Aguilar, Altea, Taurus, Alfaguara, S.A. de C.V., 2002
Av. Universidad 767, Col. del Valle
México, 03100, D.F. Teléfono 5420 7530

Éstas son las sedes:

ARGENTINA, BOLIVIA, CHILE, COLOMBIA, COSTA RICA, ECUADOR, EL SALVADOR,
ESPAÑA, ESTADOS UNIDOS, GUATEMALA, MÉXICO, PANAMÁ, PERÚ, PUERTO RICO,
REPÚBLICA DOMINICANA, URUGUAY Y VENEZUELA.

Primera edición: marzo de 2003

ISBN: 970-29-0509-5

D.R. © Diseño de cubierta: Times Editores, S.A. de C.V.
Diseño de interiores: Times Editores, S.A. de C.V.
Cuidado de la edición: Valdemar Ramírez y Carlo Angie.

Impreso en México

# Índice

Índic Índic
Índice
ice Índice

# De qué tr

# De qué trat

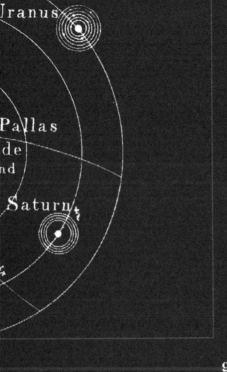

Este libro cuenta la historia de la Tierra y el universo, de cómo los seres humanos hemos cambiado nuestra manera de mirarlos, soñarlos y pensarlos. Al principio, cuando la ciencia aún no existía, se pensaba que todo fue creado por los dioses: algunos creían que la Tierra y el universo eran sostenidos por una inmensa tortuga, otros pensaban que todo fue creado en seis días y ciertas personas comparaban al universo con el sueño de una mariposa. Sin embargo, hace poco más de 1500 años, en Grecia, un grupo de filósofos comenzó a pensar de una manera distinta: para conocer la Tierra y el universo era necesario olvidarse de los dioses y preguntarle a la naturaleza: sólo ella podía contestarnos y mostrarnos sus misterios.

Ésta es la historia de los hombres que interrogaron a la naturaleza y que —tras muchísimos años— lograron encontrar las respuestas que buscaban para mostrarnos cómo es nuestro hogar espacial…

# Las primera...

## Las primer

Los seres humanos siempre miramos el cielo. Las estrellas, los planetas, los cometas y los eclipses son imanes que atrapan nuestras miradas. Pero, ¿cuándo comenzamos a preguntarnos sobre el origen del cosmos y nuestro planeta? A pesar de que no tenemos una fecha precisa que responda esta pregunta, sí podemos pensar que los hombres comenzaron a cuestionarse sobre el origen del universo desde hace miles de años, y que sus respuestas estaban vinculadas con el pensamiento religioso.

Para los primeros grupos humanos, el universo tenía un origen divino: los dioses crearon todo lo existente. Sin embargo, esto no implicó que ellos no realizaran algunas investigaciones astronómicas: las antiguas civilizaciones crearon calendarios, lograron predecir eclipses y construyeron algunos edificios destinados al estudio del cielo.

Casi todas las culturas de la antigüedad practicaron la astronomía y realizaron construcciones para este fin.

Relieve egipcio dedicado al cosmos.

En el Lejano Oriente, los hombres pensaban que la Tierra era sostenida por un grupo de animales a los que otorgaban características divinas.

En cambio, en Medio Oriente suponían que el universo había sido creado por Dios en seis días.

Y los antiguos habitantes del este del Mediterráneo creían que un titán, llamado Atlas sostenía a la Tierra sobre su espalda.

# La antigüe

El Coliseo de Roma y el Partenón de Atenas, las obras arquitectónicas más conocidas de la antigüedad clásica.

Las explicaciones religiosas sobre el origen del universo permanecieron durante muchos siglos. Sin embargo, hace poco más de 1 500 años, las ideas sobre el cosmos cambiaron de manera absoluta: los antiguos griegos dejaron de preguntarle a los dioses y comenzaron a interrogar a la naturaleza sobre su origen y comportamiento. Se inició un gran cambio en el pensamiento: la ciencia y la filosofía sustituyeron a la religión en las interpretaciones del mundo.

El nacimiento de la ciencia y la filosofía no fue resultado de la casualidad. Ellas aparecieron en un mundo donde los hombres tuvieron el suficiente tiempo libre para dedicarse a pensar sobre el universo y esto ocurrió por primera vez en la historia de Occidente en la antigua Grecia, donde un grupo de personas comenzó a plantear la posibilidad de que el universo no hubiera sido creado por voluntad divina, sino que tuviera su origen en un proceso natural.

Entre los griegos que destacaron por sus ideas sobre el origen del universo se encuentran Anaximandro, Anaxímenes, Heráclito, Anaxágoras, Aristóteles y un investigador que —a pesar de su origen griego— vivía en el norte de África y realizaba sus trabajos en la biblioteca de Alejandría: Ptolomeo. A lo largo de las siguientes páginas nos adentraremos en las ideas de estos filósofos y descubriremos sus propuestas sobre el origen del cosmos y de la Tierra.

¿Quién fue primero: el huevo o la Tierra?

**Anaximandro pensaba que, al principio del tiempo, el universo tenía la forma de un huevo donde todo estaba unido.**

La idea de Anaximandro fue aceptada por algunos pensadores hasta el siglo XIX, como lo muestra este dibujo.

Nuestra historia se inicia hace poco más de 1500 años, cuando un griego llamado Anaximandro comenzó a interrogar a la naturaleza. Él fue el primer filósofo que explicó el origen del universo y la forma de la Tierra sin recurrir a la idea de los dioses. Es muy poco lo que conocemos sobre su vida, sabemos que nació en la ciudad de Mileto y que fue considerado por sus contemporáneos como "el primer griego que se atrevió a escribir un libro sobre la naturaleza". Los filósofos de su época decían que él dibujó el primer mapa del mundo y que escribió varios libros dedicados a las estrellas, al cosmos y la geometría. Anaximandro pensaba que el origen de la Tierra y del universo no se encontraba en el fuego, el agua, el aire o la tierra —los primeros elementos según las más viejas tradiciones— sino que se hallaba en algo más antiguo, en una sustancia infinita e ilimitada que por obra de la naturaleza se transformó en todo lo que conocemos.

# Anaximan

Los antiguos griegos fueron los primeros en explicar los fenómenos naturales como algo que no dependía de la voluntad de los dioses.

**Por el calor, el cascarón del huevo se partió a causa de la presión que provocaba el vapor y se convirtió en una esfera en llamas...**

**Después se formaron los anillos que giran alrededor de la Tierra, la cual tenía la forma de una columna.**

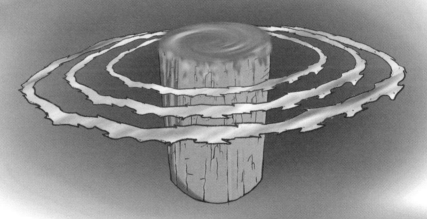

**El agua se fue evaporando a causa del calor y la que quedó se convirtió en los mares que rodean a los continentes.**

dro

¿A poco todos los nombres de los filósofos empezaban con A?

Anaxímenes pensaba que el universo comenzó a formarse cuando el aire se condensó por obra de las fuerzas de la naturaleza.

Anaxímenes —que fue amigo y alumno de Anaximandro— realizó sus investigaciones a mediados del siglo IV antes de nuestra era. Sabemos que escribió varios libros con un estilo "sencillo y mesurado", pero la mayor parte de ellos se perdieron y hoy sólo nos quedan unos cuantos fragmentos.

Anaxímenes no estaba de acuerdo con las ideas de su maestro y comenzó a pensar que el aire era el origen de todas las cosas. El aire de Anaxímenes no era un simple viento, era una sustancia que se transformaba como resultado de una

serie de fuerzas: lo frío y lo caliente, lo denso y lo ligero. El aire podía convertirse en algo sólido gracias al frío o el calor y, de esta forma, este elemento dio origen al universo. Esta idea, que hoy nos parece extraña, es fundamental para comprender el desarrollo de la ciencia y la filosofía en Occidente.

# Anaxíme

La condensación del aire llegó a un punto
en que de ella nació la Tierra,
la cual era plana y se sostenía en el espacio
gracias al aire medianamente condensado
que estaba bajo ella.

El Sol, la Luna y todos los cuerpos
celestes —los cuales se pensaba
que eran planos como una hoja—
surgieron de la Tierra, porque
la humedad se
convirtió en fuego.

Es muy poco lo que sabemos sobre Heráclito: tenemos noticia de que pertenecía al clan real de la ciudad de Éfeso y que su vida transcurrió alrededor del año 500 antes de nuestra era. Muchos investigadores dudan que haya escrito algún libro, pues suponen que sus obras son ideas suyas que fueron recopiladas por seguidores y admiradores. A pesar de esto, sí conocemos las ideas que sobre el universo planteó este filósofo. Heráclito logró la ruptura total con las ideas del origen divino del universo al señalar que "este mundo […] no lo ha creado ninguno de los dioses"; también sabemos que él consideraba que el fuego y el cambio eran el elemento y la causa que dieron origen a lo existente.

A este respecto, uno de los más antiguos estudiosos del pensamiento de Heráclito, Diógenes Laercio, resumió sus planteamientos sobre el universo con las siguientes palabras: "El cosmos se ha originado del fuego y se disolverá de nuevo en fuego en periodos alternativos."

# Heráclito

**Según Heráclito,
el fuego existió desde siempre
en el universo.**

La idea del fuego como origen del cosmos no desapareció con Heráclito, como podemos apreciar en este grabado del siglo XVIII.

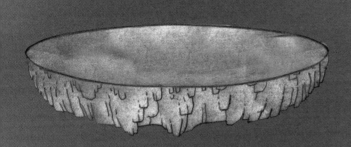

**Y este fuego,
al enrarecerse,
dio origen a una Tierra
primitiva.**

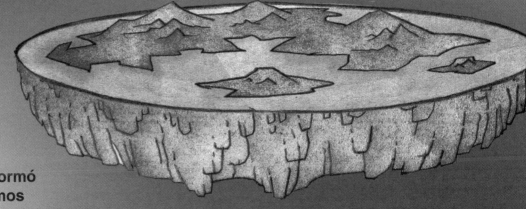

**Y la Tierra se transformó
en lo que conocemos
pero, con el paso
del tiempo, volverá
a convertirse en un fuego
que dará origen
a una nueva Tierra.**

**¿Otro filósofo con A?**

Gracias al estudio de las sombras, Anaxágoras descubrió que la Luna no tiene luz propia, sino que refleja la del Sol.

La vida de Anaxágoras es fascinante: a pesar de que era miembro de una familia rica, renunció a su herencia para dedicarse a la filosofía y la ciencia; asimismo, él fue —muy probablemente— el primer científico juzgado y condenado por sus ideas sobre el universo. Este pensador, que nació alrededor del año 500 antes de nuestra era, no sólo descubrió mediante el estudio de las sombras que la Luna no tiene luz propia y sólo refleja la del Sol, sino que también planteó una interesante hipótesis sobre el origen de la Tierra y el universo. Anaxágoras sostenía que, al principio del tiempo, todos los elementos eran pequeñísimos y estaban juntos formando una gran masa inmóvil. Pero el movimiento circular —que en su origen fue muy pequeño— comenzó a crecer y crecer para dar paso a los planetas y las estrellas, los cuales eran piedras porosas y esféricas que estaban apagadas o encendidas como carbones. De esta forma, el universo crecería hasta el infinito.

# Anaxágo

Al principio del tiempo,
decía Anaxágoras,
todos los elementos estaban
unidos en una gran masa.

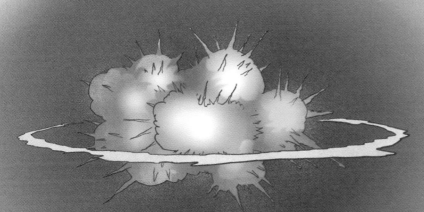

Pero esta masa comenzó a girar
y, gracias a ello, surgieron los
planetas y las estrellas,
que son de piedra porosa.

Y este movimiento provocaría que el
universo creciera hasta el infinito.

Escenas de la vida de Aristóteles, según grabados del siglo XIX.

¡Alguien dice A y me callo!

Aristóteles fue el filósofo más importante de la antigüedad clásica, era el hombre más sabio de su época. Escribió una gran cantidad de libros sobre casi todas las ramas del saber de su tiempo y en uno de ellos, que lleva por título *De los cielos*, realizó el mejor resumen de los conocimientos astronómicos que se tenían en Occidente.

Aristóteles —al igual que otros filósofos de gran importancia como Platón y Pitágoras— pensaba que el círculo y la esfera eran perfectos y que el universo tenía esa forma. Así, este hombre, que fue maestro de Alejandro Magno, afirmó —contra lo que sostenía Anaxágoras— que el universo no era infinito, sino que tenía la forma de una serie de esferas en cuyo centro se encontraba la Tierra.

Muchas personas consideran que colocar a la Tierra en el centro del universo sólo demuestra que los hombres piensan que ellos son lo más importante que existe; sin embargo, Aristóteles hizo este planteamiento por razones físicas: si la tierra es el más pesado de los cuatro elementos, lo razonable es que ella se encuentre en el centro y que los elementos más livianos giren sobre ella.

# Aristótele

Aristóteles sostenía
que el universo tenía la forma
de una serie de esferas y que
en su centro se encontraba la
Tierra, mientras que el Sol
ocupaba la cuarta órbita.

Aristóteles fundó
uno de los primeros
centros de investiga-
ción científica en
Atenas, el cual era
conocido como el
Liceo, y sus obras
eran los libros que se
usaban en ese lugar.

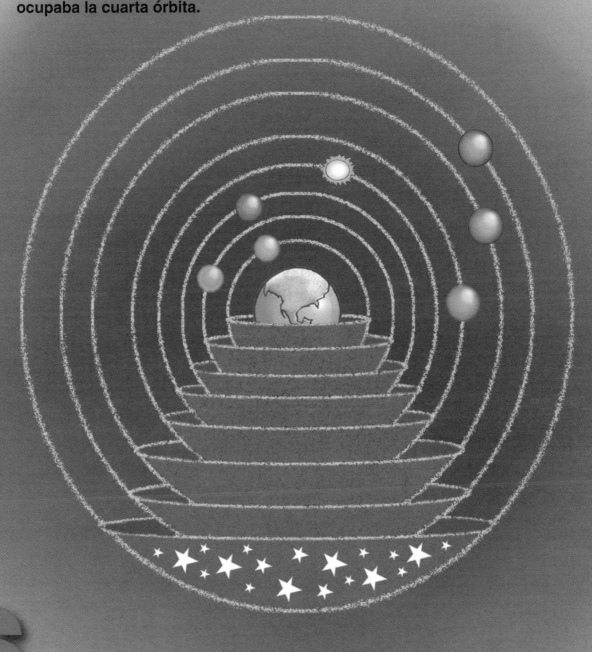

¡Cleopatra, ya llegó tu faraón!

La piedra Roseta permitó que el idioma del antiguo Egipto fuera descifrado.

Aristarco fue el heredero del saber griego y egipcio.

La filosofía y la ciencia de Grecia poco a poco comenzaron a expandirse gracias a las conquistas realizadas por Alejandro Magno. Así, cuando este guerrero fundó la ciudad a la que daría su nombre, Alejandría, los saberes griegos se encontraron con los de Egipto. Al paso del tiempo, en esta ciudad se creó uno de los centros de investigación más importantes de la antigüedad: la biblioteca de Alejandría.

En esta biblioteca realizó sus trabajos un gran astrónomo, Aristarco de Samos, quien transformó por completo esta ciencia gracias a un hecho de gran importancia: la observación —y no la especulación, como se había construido el conocimiento hasta ese momento—. De una serie de cálculos matemáticos que efectuó por medio de triángulos, logró estimar el tamaño de la Tierra, el Sol y la Luna, y dio a conocer sus hallazgos en un libro al que tituló: *Sobre los tamaños y distancias del sol y de la luna.*

# Aristarco

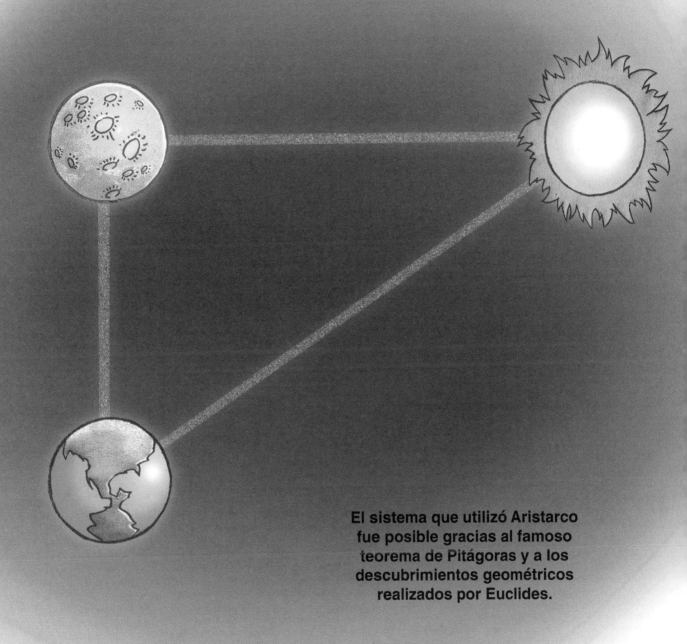

**Sistema de triangulación usado por Aristarco de Samos para calcular el tamaño de la Tierra.**

**El sistema que utilizó Aristarco fue posible gracias al famoso teorema de Pitágoras y a los descubrimientos geométricos realizados por Euclides.**

¡Gol en el centro del universo!

Las propuestas de Ptolomeo ayudaron a los navegantes durante la Edad Media.

Las ideas de Ptolomeo se mantuvieron vigentes a lo largo de la Edad Media.

Ptolomeo y Aristóteles son los pensadores que mayor influencia ejercieron en la astronomía de su época y de la Edad Media. El primero, en su gran obra que se conoce como *Almagesto*, perfeccionó las ideas de los griegos sobre el cosmos y sus movimientos a tal grado que uno de los investigadores más importantes de nuestro tiempo, Stephen W. Hawking, escribió lo siguiente: "El modelo de Ptolomeo proporcionaba un sistema razonablemente preciso para predecir las posiciones de los cuerpos celestes en el firmamento."

Gracias a Ptolomeo y el *Almagesto*, los astrónomos comenzaron a realizar mayores predicciones sobre los fenómenos celestes, y con ello la astronomía dio un nuevo salto: ya no sólo se predecían las estaciones, los eclipses y las fases de la Luna, sino también una gran cantidad de fenómenos.

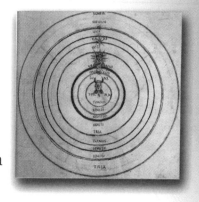

Antiguo dibujo del sistema ptolemaico.

# Ptolomeo

Ptolomeo, al igual que Aristarco, realizó sus investigaciones en la biblioteca de Alejandría.

**El sistema de Ptolomeo hizo algunas adecuaciones a la propuesta de Aristóteles y logró explicar muchos fenómenos celestes.**

**Astrónomo medieval**

Cuando hablamos de la Edad Media siempre pensamos en caballeros con armaduras, grandes castillos y batallas interminables; sin embargo, este periodo de la historia es mucho más que todo esto. Durante casi mil años que duró la Edad Media —desde la caída del Imperio romano hasta el siglo XV—, en la astronomía pasaron muchas más cosas de las que comúnmente pensamos.

Durante esta época, la ciencia en Europa no avanzó gran cosa. Las investigaciones realizadas por los griegos se olvidaron casi por completo y el conocimiento quedó en manos de la Iglesia: los monasterios se convirtieron en los principales centros de investigación. Los trabajos que se realizaban en estos lugares eran muy distintos de los efectuados por los griegos: los monjes no interrogaban al universo para descubrir sus secretos, sino para comprobar lo que se decía en la Biblia. Por esta razón, el viejo sistema de Ptolomeo se mantuvo durante casi mil años como el modelo que explicaba los fenómenos celestes. No sería sino hasta finales de esta época que se iniciaría una revolución en el conocimiento.

Representación del sistema geocéntrico propuesto por Ptolomeo, según una ilustración de finales de la Edad Media.

# La Edad Media

En el mundo árabe se conservaron la ciencia y la filosofía griegas.

A lo largo de la Edad Media, los árabes cumplieron un papel importantísimo: conservaron los libros de los filósofos y los científicos griegos, lo cual les permitió lograr un avance en la mayor parte de los campos del saber. Así, mientras las discusiones científicas en Europa estaban marcadas por la religión, entre los árabes se caracterizaban por el uso de argumentos científicos. Entre sus investigadores destacaron Jabir ibn Hayyam, Gebber, Ibn al Haithan y Alkindi. Gracias a la conquista de España, hecha por los árabes, estos saberes volvieron a Europa siglos más tarde.

Estoy listo para irme a las Cruzadas.

Hasta el siglo XIV, la visión del universo no vivió avances significativos: la propuesta de Ptolomeo aún era vigente. Incluso, en algunos lugares del Viejo Mundo hubo retrocesos: se dejó de pensar en la Tierra como una esfera y volvió a concebirse como un objeto plano y circular en cuyo centro se hallaba la ciudad de Jerusalén. Sin embargo, durante el último siglo de la Edad Media, la visión de la Tierra y el universo comenzó a sufrir ciertos cambios, pues algunos sacerdotes católicos iniciaron una pequeña revolución contra las antiguas ideas. Al principio, la Iglesia no se opuso a los cambios, pues suponía que el desarrollo científico estaba obligado a sostener y confirmar lo que se señalaba en la Biblia.

Uno de los primeros clérigos que propusieron nuevas ideas sobre el universo fue Oresme de Lisieux, quien planteó que la Tierra sí giraba sobre su eje y, por lo tanto, no permanecía estática.

Años más tarde, otro sacerdote, Nicolás de Cusa, publicó un libro, la *Docta ignorancia*, donde sostenía que "la Tierra se mueve como lo hacen las otras estrellas".

Estos primeros pasos, con el trascurrir del tiempo, permitieron que en el siglo XV se iniciara una gran revolución científica.

> Con este disfraz nadie me reconocerá en el monasterio, ya estoy listo para estudiar.

# El mundo

Durante la Edad Media, el peso de la religión fue tan grande que llegó a influir en la manera como se concebía a la Tierra. Se creía que la ciudad de Jerusalén —que tiene gran importancia para el cristianismo— estaba en el centro del planeta, el cual se creía que era plano pues esta idea concordaba con algunos de los planteamientos que se hacen en la Biblia. Asimismo, se pensaba que en las esferas que estaban más allá de las estrellas vivían los ángeles, los arcángeles, los tronos y los demás miembros de la corte celestial.

Mapa medieval de la Tierra, en cuyo centro se encuentra la ciudad de Jerusalén.

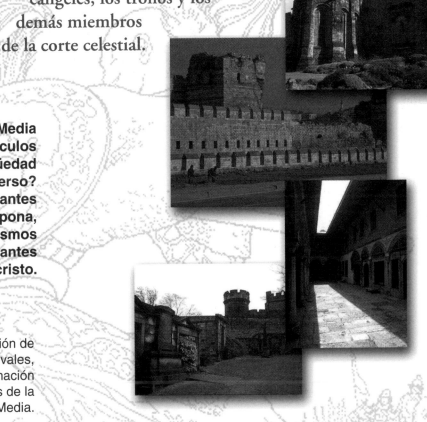

¿Sabías que durante la Edad Media se realizaron algunos cálculos para estimar la antigüedad de nuestro planeta y del universo? Uno de los filósofos más importantes de aquella época, Agustín de Hipona, utilizando la Biblia, dijo que el cosmos fue creado 5 000 años antes del nacimiento de Jesucristo.

Gracias a la conservación de algunos castillos medievales, se ha obtenido información sobre muchos aspectos de la Edad Media.

medieval

Y sin embargo, ¡se mueve!

Muchas personas piensan que quienes sostenían que la Tierra no se movía y estaba en el centro del universo eran bastante bobos, pues eran incapaces de darse cuenta de la verdad. Ésta es una actitud que no toma en cuenta la grandeza de estos pensadores, pues los fiósofos y científicos de la antigüedad tenían muy buenas razones para sostener estas ideas; es más, existían algunos experimentos que parecían comprobar sus intuiciones.

A continuación te presentamos tres experimentos realizados por los científicos de la antigüedad para demostrar que el Sol gira alrededor de la Tierra y que nuestro planeta no gira sobre su eje.

Imagina que dos arqueros
con la misma fuerza, con los mismos
arcos y flechas apuntan hacia el este
y el oeste, y que disparan al mismo
tiempo. Si la Tierra girara sobre su eje
una flecha caería más lejos que la otra.
Pero esto no es así, por lo tanto,
la Tierra no gira sobre su eje.

Imagina que antes
del amanecer llegas a un valle y
te sientas sin moverte
durante muchas horas.
¿Qué observarías?,
que el Sol aparece por un lado,
que pasa por encima de ti
y que termina ocultándose por
el oeste. Por lo tanto, si tú no te
moviste y el Sol pasó encima
de ti, quiere decir que la Tierra
no se mueve y que el Sol gira
alderedor de ella.

Imagina que estás en una torre muy alta
y sueltas un objeto hacia el piso,
si la Tierra girara, este objeto se metería
por una de las ventanas y no caería
al pie de la construcción.

# La revoluci

Mapamundi de la época de la revolución científica.

Al finalizar el siglo XV, la ciencia en Europa vivió una gran revolución. Mientras en la Edad Media toda la investigación se vinculaba con las palabras de la Biblia y Aristóteles, durante la revolución científica la manera de interrogar a la naturaleza se transformó por completo. A partir de entonces, las matemáticas se convirtieron en el lenguaje de la ciencia, pues los científicos consideraban que "el libro de la naturaleza está escrito con números" y fueron diseñados artefactos (telescopios, relojes, etcétera) que permitieron observar y medir los fenómenos del universo.

Pero la revolución científica no sólo se caracterizó por la incorporación de las matemáticas, el instrumental científico y la posibilidad de realizar experimentos para poner a prueba las ideas, sino también por una gran discusión sobre el universo: tras los trabajos de Nicolás Copérnico, la idea de que la Tierra ocupaba el centro del universo (geocentrismo) fue puesta seriamente en duda y se planteó que el Sol se encontraba en ese lugar (heliocentrismo).

Plano estelar de la época de la revolución científica.

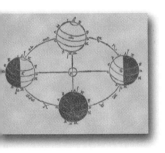

Dibujo realizado por Galileo.

La revolución científica no sólo transformó la manera de pensar e interrogar a la naturaleza, también afectó la literatura. Antes de que se iniciara este cambio, prácticamente la totalidad de los científicos escribía sus obras en latín, el cual era considerado como el idioma oficial de filósofos y científicos. Sin embargo, tras la publicación de los trabajos de Galileo en italiano, los científicos —como se muestra en las imágenes de la derecha— comenzaron a escribir sus libros en sus idiomas maternos, lo cual permitió que los nuevos conocimientos estuvieran al alcance de todas las personas que supieran leer y escribir.

La revolución científica destruyó las ideas geocéntricas planteadas por Ptolomeo.

En la Nueva España, la revolución científica estuvo representada, entre otros, por Carlos de Sigüenza y Góngora y Henrico Martínez, con su obra *Reportorio de los tiempos de la Nueva España.*

Portada de la primera edición de la obra de Nicolás Copérnico.

A simple vista, ninguna persona hubiera podido decir que la Tierra giraba en torno al Sol; los "experimentos" que se realizaron en la antigüedad para comprobar el geocentrismo eran una prueba difícil de superar. Sin embargo, Nicolás Copérnico, gracias a una serie de cálculos matemáticos, contradijo la propuesta de Ptolomeo al demostrar que el Sol se encontraba en la primera de las esferas del universo. La revolución científica se inició y el libro de la naturaleza comenzó a ser descifrado.

Copérnico fue un sacerdote polaco que estudió en las más célebres universidades de su tiempo: Bolonia, Padua y Roma, donde se preparó como médico, especialista en teología, pintor, astrónomo y matemático. Según se cuenta, Copérnico no pudo conocer el impacto que tuvo su obra, cuyo nombre es *De revolutionibus orbium caelestium*, pues murió casi al mismo tiempo que este libro salió de la imprenta. A pesar de que fue dedicado al Papa, la Iglesia no tardó mucho tiempo en enfrentarse con los copernicanos.

Una de las primera representaciones del sistema copernicano realizadas en español.

# Copérnic

**Imagen del universo, según las ideas de Nicolás Copérnico.**

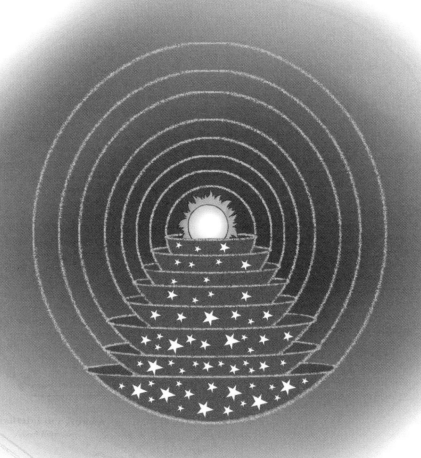

## Copérnico habla sobre el orden del universo

"Las esferas celestes están dispuestas en el siguiente orden: la suprema es la esfera inmóvil de las estrellas fijas, la cual contiene todas las cosas. Debajo de ella está Saturno, en pos del cual viene Júpiter y después Marte. Debajo de Marte está la esfera en que giramos nosotros; luego Venus y, por último, Mercurio. La esfera lunar gira en torno de la Tierra y se mueve junto con ella. También, según el mismo orden, un planeta aventaja a otro en velocidad según describa círculos más grandes o pequeños."

Nicolas Copérnico,
*De revolutionibus orbium caelestium.*

Durante la época de Kepler, los viajes para explorar el planeta se convirtieron en algo frecuente.

Las protectoras de la ciencia, según un antiguo grabado.

La vida de Kepler, quien nació en 1571, estuvo llena de dificultades: su pobreza lo llevó a ejercer la profesión de astrólogo —en aquellos tiempos, la astronomía aún no se "divorciaba" de la astrología— por lo que preparó una gran cantidad de horóscopos y en más de una ocasión tuvo problemas con la Iglesia. Al igual que Copérnico, Kepler fue un gran matemático y realizó una de las mayores aportaciones a la historia de la astronomía: descubrió sus primeras leyes y cambió la forma del universo; a partir de sus trabajos, los círculos y las esferas se transformaron en elipses. Las Leyes de Kepler son un intento matemático para predecir y comprender el funcionamiento del universo.

Antiguo libro de astronomía.

# Kepler

**Los planetas describen órbitas elípticas y en uno de sus focos está el Sol.**

**La recta que va del planeta al Sol recorre áreas iguales en tiempos iguales.**

**Los cuadrados de los tiempos que tardan en describir sus órbitas dos planetas son entre sí como los cubos de sus distancias medias al Sol.**

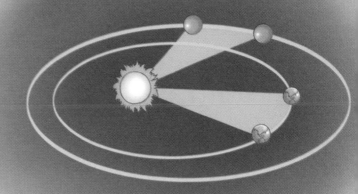

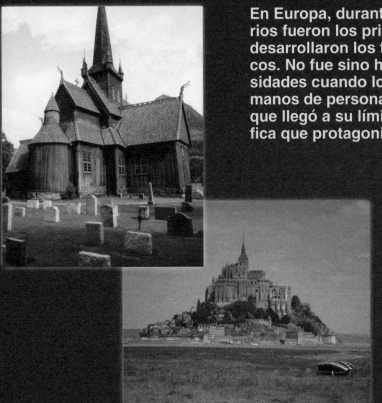

En Europa, durante la Edad Media, los monasterios fueron los principales centros donde se desarrollaron los trabajos científicos y filosóficos. No fue sino hasta la aparición de las universidades cuando los conocimientos llegaron a manos de personas ajenas a la Iglesia, cuestión que llegó a su límite durante la revolución científica que protagonizaron los copernicanos.

El telescopio nunca fue necesario en los trabajos que realizaban los sacerdotes para explicar al universo, pues ellos no buscaban las respuestas a sus inquietudes en la observación de la naturaleza, sino en los señalamientos contenidos en la Biblia y las obras de Aristóteles. Para ellos no existía la posibilidad de una verdad distinta de la que se mostraba en aquellos libros.

Hasta principios del siglo XVII, los astrónomos no contaban con telescopios. En el inicio de la astronomía las observaciones del cielo se hacían a simple vista, pero los científicos y los filósofos tenían en su favor un hecho: las ciudades aún no estaban tan iluminadas y ello les ayudaba a distinguir con mayor claridad las luces del cielo.

Con el paso del tiempo, los científicos crearon algunos artefactos para auxiliarse en sus observaciones, aunque en ninguna de ellas utilizaron lentes de aumento. No fue sino hasta los trabajos de Galileo Galilei que el telescopio se incluyó como parte del instrumental de la astronomía y, desde esa fecha, no ha dejado de formar parte de él.

¿Había astronomía sin telescopios?

La astronomía de América prehispánica tampoco utilizó telescopios, a pesar de haberse construido grandes observatorios.

A diferencia de lo que ocurría en Europa antes de la invención del telescopio, en China sí se realizaron observaciones astronómicas y se desarrollaron algunos inventos que contribuyeron al desarrollo del conocimiento en esa región del planeta.

Los chinos inventaron la brújula, que fue el primer instrumento confiable para determinar el norte magnético del planeta. Asimismo, ellos crearon el papel que se convirtió en el mejor medio para conservar la información, los descubrimientos y el conocimiento sobre la naturaleza; un ejemplo de esto lo puedes observar en la parte inferior de esta página, donde se muestra un documento chino realizado en el año 168 antes de nuestra era, el cual describe al cometa Halley.

Sin embargo, a pesar de los grandes avances logrados en China, el telescopio nunca se empleó en esa región para realizar trabajos astronómicos.

Gracias a los trabajos de Galileo, el heliocentrismo propuesto por Copérnico fue comprobado.

Galileo Galilei, según un grabado del siglo XIX.

Galileo Galilei es uno de los científicos más grandes de la historia. Gracias a las observaciones que efectuó con el telescopio que inventó, el universo adquirió una nueva forma: se hizo más grande y reveló nuevos secretos. Asimismo, introdujo en la ciencia los experimentos, que permiten comprobar o rechazar las propuestas para comprender la naturaleza y, por si lo anterior fuera poco, también fue un protagonista de la literatura: a partir de sus libros, los científicos dejaron de escribir en latín y comenzaron a utilizar sus idiomas natales, con lo cual los conocimientos científicos quedaron al alcance de todas las personas que sabían leer. Galileo también es famoso por haber sido juzgado por la Iglesia a causa de sus ideas heliocéntricas. La Inquisición lo amenazó con quemarlo vivo igual que a otros científicos —como le sucedió a Giordano Bruno— y se vio obligado a arrepentirse de sus propuestas.

Uno de los astrónomos
más importantes
de esta época fue
Tycho Brahe, quien
se opuso a las ideas
de Copérnico
y sus seguidores.

Observatorio
de Tycho Brahe.

Las exploraciones realizadas desde
finales del siglo xv permitieron
que los europeos cambiaran su
manera de ver la Tierra.

## Galileo habla sobre la invención del telescopio

"Hace unos diez meses llegó a mis oídos la nueva de que cierto holandés había fabricado un telescopio […] la cual me determinó a indagar sus principios y a meditar cómo podía emular el invento de un aparato semejante. Lo cual logré llevar a efecto […] así aparejé un tubo […] de plomo, en cuyos extremos fijé dos lentes de vidrio, ambas planas por una cara y, por la otra, esférica, cóncava la primera y la segunda, convexa. Entonces, acercando un ojo a la lente cóncava, vi los objetos bastante grandes y cercanos."

Galileo Galilei,
*El mensajero sideral.*

Durante la época de Newton no sólo floreció la astronomía, sino que también comenzaron a desarrollarse otras ciencias —como la química—, que alcanzarían su "mayoría de edad" unos años más tarde.

¿De veras soy tan importante?

Isaac Newton nació en 1642 y dedicó su vida entera a la ciencia y la filosofía. Sus investigaciones abarcaron muchas de las disciplinas que se estudiaban en su tiempo: realizó trabajos alquímicos, creó el primer telescopio reflector, hizo importantes aportaciones a las matemáticas y replanteó por completo la física de su época. Su importancia para la astronomía es tal, que él —junto con Copérnico, Galileo y Einstein— es una de las figuras que explica los principales cambios en esta ciencia. Cuando publicó su obra, que lleva por título *Principios matemáticos de la filosofía natural*, Newton provocó una gran revolución: dio cuenta de las leyes que rigen la gravedad y las que explican el movimiento (ver recuadro de la siguiente página), además, explicó la influencia que tiene la Luna en las mareas.

Tras las investigaciones de Newton, la ciencia abandonó muchas de sus antiguas creencias y se separó de la astrología.

# Newton

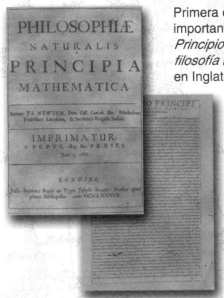

Primera edición de la obra más importante de Isaac Newton: *Principios matemáticos de la filosofía natural*, editada en Inglaterra en el siglo XVIII.

Según muchos autores, la historia de la manzana de Newton no ocurrió, sino que fue inventada por Voltaire.

## Newton explica sus tres leyes del movimiento

"Todo cuerpo persevera en su estado de reposo o de movimiento [...] a menos que lo obliguen a cambiar de estado fuerzas aplicadas a él."

"El cambio de movimiento es proporcional a la fuerza motriz aplicada, y se hace en la dirección que se aplica dicha fuerza."

"A toda acción se opone una reacción igual a ella."

Isaac Newton,
*Principios matemáticos de la filosofía natural.*

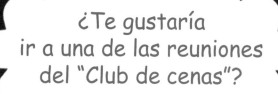

¿Te gustaría
ir a una de las reuniones
del "Club de cenas"?

Durante su vida, Edmund Halley fue famoso por muchas cosas: organizó el "Club de cenas" en un café londinense donde se reunían los científicos, filósofos y políticos más importantes de su época, y realizó una gran cantidad de aportaciones a la ciencia, a tal grado que fue llamado "el segundo en gloria de los filósofos anglosajones".

En astronomía, Halley se hizo famoso con sus trabajos sobre los cometas y uno de ellos —que visita con regularidad las cercanías de nuestro planeta— lleva su nombre. Asimismo, nuestro personaje dio fundamento científico al negocio de los seguros de vida con una obra que lleva por título *Cálculo de los grados de mortalidad de la humanidad*. Por si lo anterior fuera poco, Halley también fue matemático, humanista, capitán de navío, diplomático, editor e hidrógrafo.

# Halley

Halley y Newton fueron grandes amigos, a tal grado que la obra de Newton se publicó gracias a los esfuerzos de Halley, quien fue el segundo astrónomo real de Inglaterra y escribió una gran obra sobre los cometas: *Synopsis astronomiae cometicae* donde analizó 24 de estos cuerpos celestes.

Arriba: retrato de Edmund Halley. Abajo: un cuadro del *Synopsis astronomiae cometicae,* de Edmund Halley.

**Gracias a los trabajos de Kepler y Newton, Halley logró explicar el comportamiento de los cometas.**

La luz es la principal materia prima de los astrónomos y gracias a ella logran conocer al universo. Por esta razón, una de las principales preocupaciones de estos científicos era contar con instrumentos capaces de captar con mayor calidad la luz que ha viajado durante millones de años desde los confines del espacio hasta nuestro planeta.

Después del invento de Galileo, los científicos han buscado desarrollar mejores y más potentes telescopios: así aparecieron los telescopios reflectores y —tras el inicio de la exploración espacial— se crearon los radiotelescopios, se enviaron sondas a explorar otros planetas y se montaron sistemas de observación en la órbita de la Tierra.

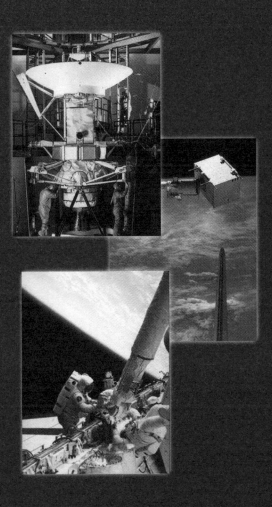

La "carrera" espacial
nos ha permitido observar
con mayor precisión los
fenómenos del universo.

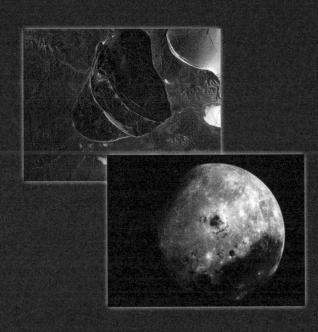

Las sondas que los terrícolas
hemos enviado al espacio, aunadas
a los sistemas de observación
del cosmos que hemos colocado
en la órbita de nuestro planeta,
nos han permitido realizar
análisis más precisos de los
cuerpos celestes y de
los fenómenos astronómicos.

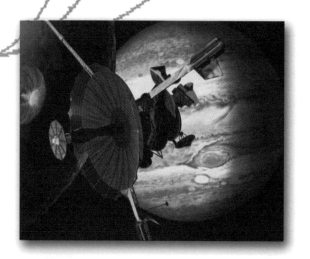

Nuestra imagen del universo y de la astronomía ha cambiado a lo largo de la historia. En la antigüedad clásica, los griegos presentaron las primeras ideas que explicaban el origen del universo sin necesidad de recurrir a Dios y, con la llegada de Aristóteles y Ptolomeo, crearon un modelo geocentrista capaz de explicar algunos fenómenos. El geocentrismo permaneció a lo largo de casi toda la Edad Media; no fue sino hasta la primera revolución científica —misma que se inició cuando Copérnico planteó la posibilidad del heliocentrismo— cuando comenzamos a pensar al universo de nuevas maneras y a descubrir —como lo hicieron Kepler y Newton— algunas de las leyes que explican su comportamiento.

Parecía que lo sabíamos todo. Sin embargo, a principios del siglo XX, se inició una nueva revolución científica que transformó casi todo lo que sabíamos del universo. Esta revolución científica —que ocurrió gracias a las matemáticas— comenzó en el preciso instante en que Albert Einstein hizo públicas sus ideas sobre el universo y, desde entonces, los seres humanos vivimos una nueva época, donde nos acercamos cada vez más a la posibilidad de descubrir los secretos del espacio.

revolución
La segunda rev
# La segunda revolución

da revolución

$$E = mc^2$$

¿E=mc²?

$$E = mc^2$$

Albert Einstein
es la figura científica
más importante
del siglo xx.

La vida de Albert Einstein fue muy diferente de la mayoría de nosotros: cambió de nacionalidad en varias ocasiones (fue alemán, suizo, nuevamente alemán y, por último, estadounidense); sufrió la represión de los nazis en Alemania (le despojaron de la ciudadanía y expropiaron sus bienes); realizó una gran cantidad de aportaciones a la física y ganó el Premio Nobel en 1922 por sus investigaciones sobre los efectos fotoeléctricos.

Sin embargo, Einstein comúnmente no es recordado por estos acontecimientos, sino por su teoría de la relatividad y su famosísima fórmula: $E=mc^2$, la cual quiere decir que la energía es igual a la masa multiplicada por la velocidad de la luz al cuadrado.

La teoría de la relatividad —que se dio a conocer en 1916— sostiene que el espacio es finito y curvo pero que, a diferencia de una esfera, no tiene confines. ¿Verdad que esto suena muy extraño? No te preocupes, en algunos momentos Einstein nos sorprende con sus ideas, que transformaron nuestra visión del universo.

# Einstein

A lo largo de la historia, muchos textos han provocado grandes cambios en la humanidad, a tal grado que, después de ellos, los hombres aprendimos a mirar de una nueva manera lo que sucede a nuestro alrededor. Una de estas obras —cuya portada se encuentra a la izquierda— es la edición de 1916 de un texto de Einstein que lleva por título *La relatividad: la teoría especial y la general*.

# Algunas anécdotas de Einstein

La vida de Einstein está llena de anécdotas que han pasado a la historia para mostrarnos cómo era la personalidad de uno de los genios más grandes de la humanidad.

Cuando Einstein todavía trabajaba en la oficina de patentes de Suiza recibió una carta con letras muy elegantes y llenas de colores. Como supuso que se trataba de un anuncio, la tiró a la basura sin darle importancia. Poco tiempo después se enteró de que, con esa carta, la Universidad de Ginebra le avisaba que le había sido otorgado su primer doctorado *honoris causa*, lo cual sorprendió muchísimo al buen Einstein.

Su ropa era muy especial: casi siempre la usaba arrugada y no le gustaban los calcetines. Cuentan que se rasuraba en la tina con el mismo jabón que empleaba para bañarse. "Es demasiado complicado tener diferentes tipos de jabón, cuando uno solo es suficiente", dijo Einstein cuando le preguntaron por qué actuaba de esa forma.

¡Qué raros son los genios!

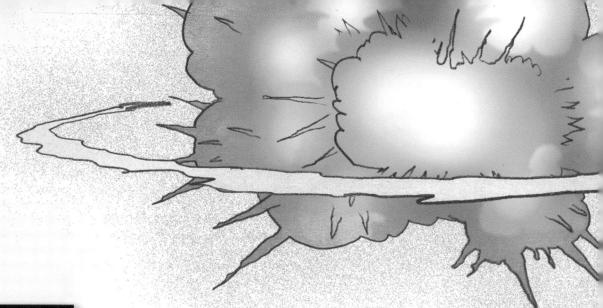

Una galaxia
fotografiada
desde un satélite.

Tras la publicación de las ideas de Einstein, algunos astrónomos volvieron a plantearse la pregunta que se hicieron los antiguos griegos: ¿cómo se formó el universo? Sin embargo, a diferencia de sus antecesores, los científicos tenían al alcance de su mano una serie de conocimientos y aparatos que podían ayudarles a ofrecer una respuesta de mayor magnitud. Así nació la idea del *Big bang*.

Hace mucho tiempo, entre diez mil y veinte mil millones de años, la distancia que las galaxias tenían entre sí era cero. La densidad de aquel universo era infinita y el tiempo aún no existía. En algún instante, toda la energía reunida en ese punto estalló en una gran explosión —el famoso *Big bang*— y la gran densidad se transformó —al cabo de varios millones de años— en el universo que ahora conocemos y que continúa expandiéndose.

A este respecto escribió Stephen W. Hawking en su *Historia del tiempo*: "Aunque hubiera acontecimientos anteriores al *Big bang* […] sólo sabemos lo que ha sucedido después de él […] Desde nuestro punto de vista, los sucesos anteriores al *Big bang* no pueden tener consecuencias, por lo que no deberían formar parte de los modelos científicos del universo. Así pues, deberíamos extraerlos de     cualquier modelo y decir que el tiempo tiene su principio en el *Big bang*."

# Big bang

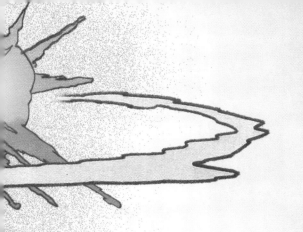

¡Aguas! ¡Ya viene el bang!

## ¿Quién es Stephen W. Hawking?

Stephen W. Hawking es un científico inglés e imparte la cátedra Lucasiana en la Universidad de Cambridge, misma que Isaac Newton tuvo a su cargo durante varios años. La comunidad científica considera que él es el mayor genio del siglo XX, después de Albert Einstein, por sus contribuciones a la física. Pero Hawking no sólo es importante como científico, pues su vida también ofrece una gran lección: él padece una enfermedad que lo ha confinado a una silla de ruedas y le ha quitado la posibilidad del habla; sin embargo, continúa trabajando para desentrañar los misterios del universo.

Su libro más conocido se titula *Historia del tiempo*, sobre el cual comenta: "Decidí escribir una obra de divulgación sobre el espacio y el tiempo […] pues sentía que ninguno [de los libros que había leído] se dirigía realmente a las cuestiones que me habían llevado a investigar […]: ¿de dónde viene el universo? ¿Cómo y por qué empezó? ¿Tendrá un final y, en caso afirmativo, cómo será? Éstas son cuestiones de interés para todos los hombres."

Actualmente, Stephen W. Hawking continúa trabajando en Cambridge en sus investigaciones teóricas sobre física.

Astrodamas

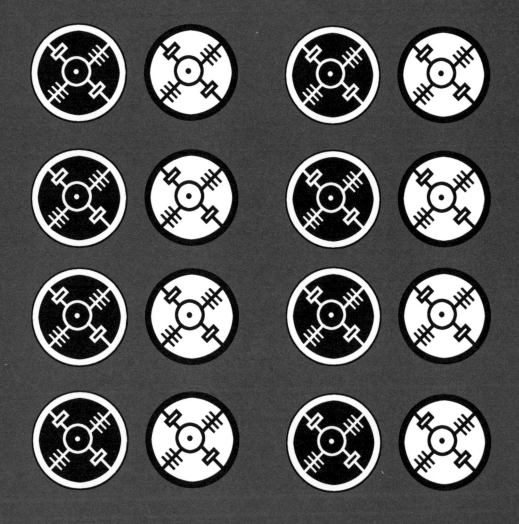

Las damas inglesas es uno de los juegos más conocidos.
Aquí te ofrecemos un tablero y las fichas
para que puedas jugarlas con tus amigos sólo que, en este caso,
las fichas son las naves de dos civilizaciones del espacio.

# Los habitantes d
# Los habitante

El universo es todo lo que existe, no importa si aún no lo hemos visto o descubierto. A lo largo del tiempo ha aumentado su tamaño y el número de sus integrantes: al principio —durante la antigüedad clásica y la Edad Media— se creía que éste era muy pequeño y apenas tenía unos cuantos elementos; sin embargo, gracias a los adelantos técnicos —como el telescopio— y a las nuevas teorías científicas, consideramos inmenso su tamaño. Hoy, las propuestas realizadas durante cerca de 2400 años han sido superadas.

En la actualidad sabemos que en el universo existen —entre otras cosas— galaxias, estrellas, cometas, algunos cuerpos extraños (como los agujeros negros) y ocurren una gran cantidad de fenómenos, como los eclipses.

¿Te gustaría conocer a estos habitantes del universo? Pues es muy sencillo, sólo tienes que dar la vuelta a la página y adentrarte en la inmensidad del cosmos.

¡No estamos solos!

Las galaxias tienen distintas formas. Algunas son como una espiral barrada, otras tienen la forma de elipse, unas son espirales y otras más son irregulares.

¡Vader, no te escondas!

Todo es grande en el universo y las galaxias no son la excepción. Ellas son inmensos grupos de estrellas —con sus respectivos planetas y satélites— que se formaron a partir de las nubes de gas del *Big bang*. La velocidad con la que giran en el espacio determina su forma. Para que tengas una idea de su lejanía te damos un dato: la luz de la galaxia llamada Andrómeda tarda en llegar a la tierra 2.2 millones de años.

# Galaxias

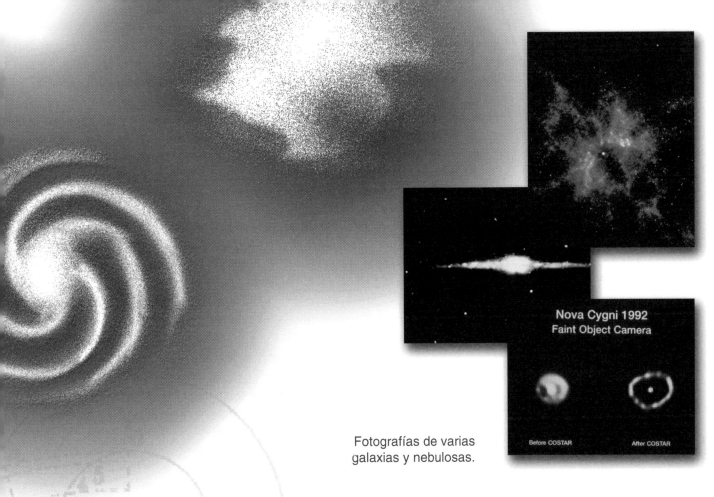

Fotografías de varias
galaxias y nebulosas.

Nova Cygni 1992
Faint Object Camera

Before COSTAR

After COSTAR

## ¿Vivimos en una galaxia?

Durante muchos siglos se pensó que nuestro sistema solar era lo único que existía. Pero, con el paso del tiempo, el universo se ha descubierto ante nuestros ojos. Nosotros vivimos en una galaxia: su nombre es Vía Láctea, tiene forma de espiral y su tamaño es tal que la luz tardaría en recorrerla unos 100 000 años. Nuestro sistema solar se encuentra en uno de los brazos de la Vía Láctea, cuyo nombre explica una de las aventuras de Hércules y, junto con su brazo, tarda más o menos 220 millones de años en dar la vuelta completa, periodo al que conocemos como "año cósmico". Si nosotros pudieramos ver "de lado" la Vía Láctea, se parecería mucho a una de las fotografías que están en la parte superior de esta página. ¿Sabes a cuál? ¡Por supuesto!, a la que se encuentra en el centro.

¿Alguien gritó "fuego"?

Los cuerpos celestes han sido símbolos religiosos en distintas culturas.

Las estrellas son enormes esferas de gas caliente que rotan en el espacio. La mayor parte de ellas contiene hidrógeno y helio, los cuales, como resultado de la gravedad, se mantienen comprimidos en su núcleo, donde se genera la energía que estos cuerpos celestes producen. Por ser esferas de gas encendido, se dice que las estrellas cuentan con luz propia y, al mirar al cielo, podemos distinguirlas fácilmente: su luz se prende y se apaga con velocidad, fenómeno al que se le conoce como *titilar*.

No todas las estrellas tienen el mismo tamaño, las más grandes de que tenemos noticia son mil veces mayores que nuestro Sol y las pequeñas tienen sólo una parte de su tamaño. Ellas tienen un ciclo vital que, en el caso del Sol, durará aproximadamente diez mil millones de años, a lo largo de los cuales se convertirá en una estrella gigante roja, para colapsarse y transformarse, al final de su vida, en una estrella enana.

# Estrellas

A lo largo de su vida,
las estrellas cambian de forma,
tal como se aprecia en estas imágenes.

Interior de una estrella.

**Estructura
de un cometa.**

Fotografía del cometa Halley
tomada en 1910.

En la actualidad existen dos grandes teorías para explicar qué es un cometa. La primera de ellas, cuyo autor es el investigador Fred Whipple, nos dice que estos cuerpos son bolas de nieve sucias cuyas capas exteriores se evaporan a causa del Sol; los seguidores de estas ideas piensan que los cometas no tienen núcleos muy grandes. Por su parte, la segunda teoría —que fue propuesta por Raymond Lyttleton— sostiene que los cometas son una suerte de "bancos de grava" valoradores y que, en consecuencia, sus núcleos son un enjambre de piedras que no se ha podido observar con precisión.

## Una historia de cometas

Un célebre astrónomo, Fred Hoyle, sostiene que la vida en la Tierra se originó gracias a los cometas, pues estos cuerpos —durante su largo recorrido por el universo— recogieron algunas "bacterias" de otra galaxia y las transportaron a nuestro planeta donde, al evolucionar, dieron paso a las formas de vida que conocemos.

# Cometas

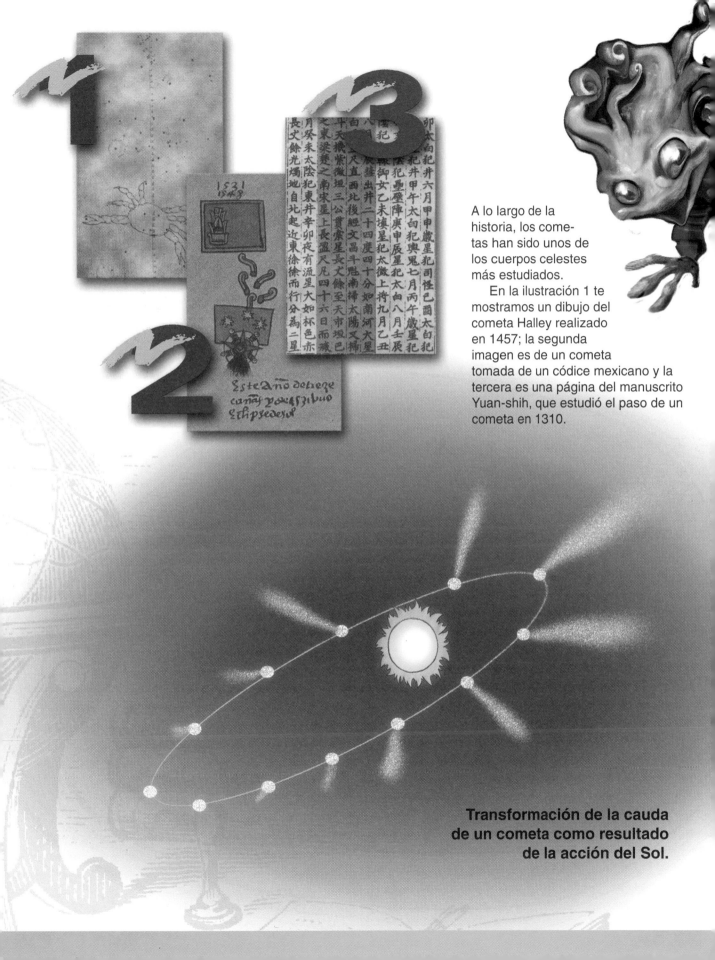

A lo largo de la historia, los cometas han sido unos de los cuerpos celestes más estudiados.

En la ilustración 1 te mostramos un dibujo del cometa Halley realizado en 1457; la segunda imagen es de un cometa tomada de un códice mexicano y la tercera es una página del manuscrito Yuan-shih, que estudió el paso de un cometa en 1310.

**Transformación de la cauda de un cometa como resultado de la acción del Sol.**

¿Se irá
a un hoyo negro?

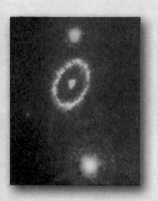

Fotografía de una
galaxia tomada
desde el espacio.

Desde los tiempos de Kepler y Newton hasta nuestros días, las teorías científicas nos han permitido descubrir muchas cosas en el universo sin necesidad de observarlas; por ejemplo, algunos científicos sabían de la existencia de varios planetas sin haberlos visto. Y si a este hecho le agregamos el desarrollo tecnológico y las investigaciones que se realizan desde el espacio exterior, es lógico que nuestros conocimientos sobre los habitantes del universo aumenten día con día. De esta manera, a partir de las propuestas científicas de Einstein se ha descubierto que en el universo existen algunos cuerpos extraños: agujeros negros que atrapan todo lo que está a su alrededor, a tal grado que impiden que la luz se escape de ellos; también existen pulsares, que son cuerpos capaces de funcionar como relojes espaciales y muchos otros que aún están por descubrirse gracias al conocimiento y la tecnología que desarrollaremos en los siguientes años.

Cuerpos e

La investigación que se realiza desde el espacio y las nuevas teorías científicas nos permitieron descubrir a los más extraños habitantes del universo.

Placa dejada en la Luna por los hombres que la visitaron.

## ¿Vivimos en un hoyo negro?

Barry Parker, en su libro *El universo de Einstein*, nos dice algunas cosas sobre esta interrogante: "Ésta puede parecer una pregunta tonta, pero los científicos han discutido esa posibilidad durante varios años […]. Los científicos tienen diversas opiniones sobre esta cuestión; sin embargo, no estamos seguros de si nos encontramos en el interior de un agujero negro. Se trata de un tema interesante."

Imagina por un momento que vivimos en un agujero negro y que en realidad sólo somos una pequeña parte de un universo que también podría ser un agujero negro; ahora, vuelve a pensar esto e imagina que eso puede ocurrir hasta el infinito, lo cual convertiría a nuestro universo en algo muy parecido a lo que nos sucede a nosotros en comparación con los átomos. ¿Verdad que a veces uno puede marearse con las ideas científicas?

xtraños

**Las sombras provocan los eclipses.**

## ¿Funciona la astrología?

Los antiguos babilonios fueron los primeros en pensar que los astros influían en la vida de los hombres y crearon el zodiaco. Sin embargo, desde aquella época los astros han cambiado de lugar. Por ejemplo: en su época el Sol atravesaba Cáncer en junio y julio, y en nuestro tiempo pasa por Géminis.

*Soy del mismo signo que ET.*

La palabra "eclipse" se origina de la voz griega *eklipsis*, que significa "desaparecer". Los eclipses son fenómenos astronómicos que ocurren cuando un cuerpo celeste pasa frente a otro y lo oculta parcial o totalmente. Los eclipses no son más que sombras. En el universo ocurren una gran cantidad de ellos; se presentan cada vez que un cuerpo se interpone entre una estrella y un observador.

Tú puedes provocar un eclipse al poner la mano entre tu rostro y un foco encendido, pues provocarás una sombra que ocultará la luz de la misma manera como ocurre en el universo.

# Eclipses

Uno de los primeros trabajos sobre los eclipses publicados en nuestro país fue la *Descripción orthographica universal del eclipse de sol del día 24 de junio de 1778*, escrito por Antonio de León y Gama.

¡Oh sole mío!, eclipse tuyo.

El Sol, uno de los protagonistas de este tipo de fenómenos, fue representado de muchas formas a lo largo de la historia, en esta ilustración del siglo XVII se le presenta como una especie de rey que domina la Tierra.

La causa de los eclipses se conoce desde la antigua Grecia y los seres humanos no hemos dejado de representarla, como muestra este grabado renacentista.

# Nuestr

Todas las personas se sienten orgullosas del lugar donde viven y hacen lo posible por conocer su vecindario: quieren saber dónde comprar comida, medicamentos o saber en qué lugar pueden encontrar el transporte que los llevará a su trabajo o su escuela. Los terrícolas —así nos llamamos los habitantes de la Tierra— vivimos en un vecindario espacial: nuestro sistema solar.

El sistema solar donde habitamos tiene una estrella no muy grande (el Sol); nueve planetas que orbitan en torno a él: Mercurio, Venus, Tierra, Marte, Júpiter, Saturno, Urano, Neptuno y Plutón; muchos satélites naturales, pues algunos de los planetas de nuestro vecindario tienen una o más "lunas" girando a su alrededor; un cinturón de asteroides y algunos cometas cuyo espectáculo hace mucho más hermoso el cielo nocturno.

Nuestro hogar espacial, cuyos elementos analizaremos en las siguientes páginas.

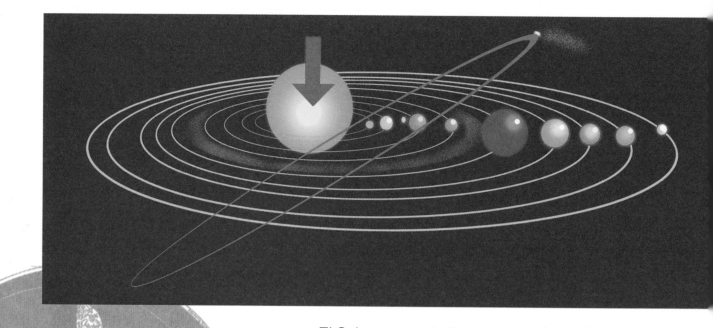

El Sol es una estrella en torno a la cual rotan los cuerpos celestes que conforman nuestro sistema solar

# El Sol

El Sol, al igual que las demás estrellas, es una esfera de gas que gira sobre su eje, y es un poco más denso que el agua. Debido a que es la estrella más cercana a nuestro planeta, es la que mejor conocemos. Gracias a la labor de los astrónomos, sabemos que en su superficie la temperatura es cercana a los 5 500 grados centígrados, que posee una serie de manchas de gas frío que se originan por los cambios en su campo magnético, y que en su superficie existen protuberancias que son enormes chorros de gas caliente que se extienden muchos miles de kilómetros.

Una de las partes más interesantes del Sol es su núcleo, el cual posee una temperatura superior a los 15 millones de grados centígrados; en este lugar, por medio de reacciones nucleares, el Sol transforma al hidrógeno en helio a razón de 600 toneladas por segundo, lo cual genera una impresionante cantidad de energía, que llega a nuestro planeta por medio del calor y la luz.

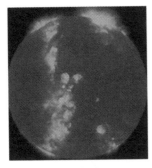
Fotografía de la actividad solar.

Las imágenes del Sol siempre han cautivado a los hombres, quizá porque la vida en nuestro planeta depende de él. Desde los tiempos más remotos lo hemos dibujado y recientemente lo convertimos en motivo de millones de fotografías. En estas últimas —como la que está a la izquierda— podemos observar algunas de sus características: las "manchas", que son más oscuras y sus protuberancias, que son los "chipotes" que aparecen en su superficie.

¡Aaaarrancan!

Dibujo medieval del Sol.

## Datos básicos:

**Distancia media a la Tierra: 149.6 mkm***

**Distancia al centro de la galaxia: 30 000 años luz**

**Periodo de rotación: 25.04 días**

**Diámetro ecuatorial: 1 391 980 km**

*millones de kilómetros.

La posición del Sol ha sido una de las grandes polémicas en la historia de la astronomía; durante muchos siglos se consideró que giraba alrededor de la Tierra y ahora se sabe que nuestro planeta es el que rota en torno a él.

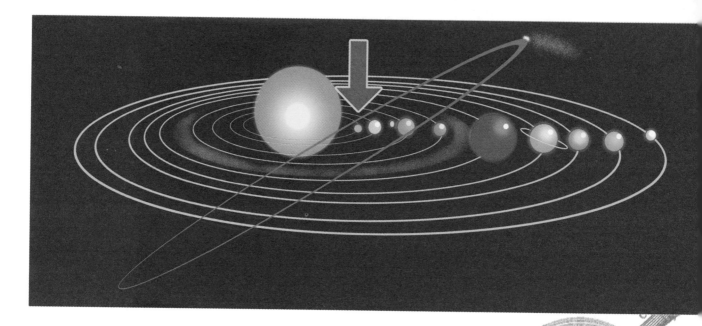

Mercurio es el planeta más cercano al Sol.

# Mercurio

Mercurio es un planeta rocoso con un gran núcleo de hierro que ocupa el 80 por ciento de su masa total. Su superficie está formada, básicamente, por rocas de sílice y más de la mitad de ella está cubierta de cráteres ocasionados por los meteoritos que se estrellan en él. Su atmósfera es muy diferente de la que tenemos en la Tierra: está compuesta de oxígeno, sodio, helio y potasio. En nuestro sistema solar, Mercurio posee las mayores variaciones de temperatura, puede disminuir hasta 600 grados centígrados entre el día y la noche.

Un dato curioso sobre Mercurio es que sus cráteres tienen nombres de grandes artistas. Algunos se llaman como escritores (Cervantes, Dickens, Melville o Tolstoi), otros como pintores (Van Gogh, Tiziano o Renoir), unos más como compositores (Bach, Mozart o Verdi) y los últimos como arquitectos (Bernini, Miguel Ángel o Sullivan).

Mercurio recibió su nombre por el veloz mensajero de los dioses romanos, sólo con esta deidad podía compararse su rápido paso a través del cielo terrestre. En la ciencia, el dios Mercurio no sólo se vincula con un planeta: un metal lleva su nombre y una de las primera publicaciones científicas de nuestro país —que comenzó a imprimirse en 1772 por iniciativa de José Ignacio Bartolache— se llamaba como él: *Mercurio, volante con noticias importantes y curiosas sobre varios asuntos de física y medicina.*

¿Tienes que enviar una carta?

## Datos básicos:

**Distancia media al Sol: 59.9 mkm\***

**Periodo orbital: 88 días**

**Velocidad orbital: 47.9 km/s\*\***

**Periodo de rotación: 58.7 días**

**Diámetro ecuatorial: 4 878 km**

**Satélites: 0**

\*millones de kilómetros.
\*\* kilómetros por segundo.

Observatorio de Greenwich.

¿Sabías que el observatorio de Greenwich es uno de los más famosos del mundo, pues se ubica sobre el meridiano cero?

Venus es el segundo planeta de nuestro sistema solar.

# Venus

Venus es un mal lugar para vivir. A pesar de que tiene un tamaño muy cercano al de la Tierra, su superficie es terrible: el calor es muy intenso, la presión de su atmósfera es aplastante y el aire irrespirable, pues existen grandes nubes de ácido sulfúrico. Su núcleo es de hierro y níquel que se encuentran en un estado semisólido, su superficie —al igual que la de Mercurio— está formada por rocas de sílice y su atmósfera se compone de dióxido de carbono, nitrógeno, dióxido de azufre, argón y monóxido de carbono.

Un dato curioso de Venus es que rota sobre su eje en sentido contrario al de la Tierra y este hecho provoca que los días venusinos sean más largos que sus años: en Venus un día equivale a 243 días terrestres y un año —el cual equivale al tiempo en que da la vuelta al Sol— dura sólo 224.7 días terrestres.

En nuestro país, la observación de Venus es muy antigua: en la época prehispánica se le comparaba con Quetzacóatl y, durante la Colonia, José Antonio de Alzate realizó algunas investigaciones sobre este planeta. En 1847 se realizó el primer viaje internacional de científicos mexicanos para observar desde Japón cómo Venus pasaba frente al Sol.

Esta expedición fue dirigida por Francisco Díaz Covarrubias y buscaba utilizar una idea propuesta por Edmund Halley en 1716: calcular la distancia entre el Sol y nuestro planeta llevando a cabo mediciones muy exactas del tiempo que tarda Venus en pasar frente al Sol. Estos trabajos los tendrían que realizar —cuando menos— dos astrónomos situados en diferentes puntos de la Tierra para determinar lo que se conoce como paralaje solar, el cual permite calcular con precisión cuál es la distancia entre nuestro planeta y su estrella más cercana.

## Datos básicos:

Distancia media al Sol: 108.2 mkm*

Periodo orbital: 224.7 días

Velocidad orbital: 35 km/s**

Periodo de rotación: 243 días

Diámetro ecuatorial: 12 102 km

Satélites: 0

*millones de kilómetros.
** kilómetros por segundo.

Nuestro sistema solar es recorrido por muchos cometas,
el más famoso de ellos es el Halley.

# Cometas

Muchas personas piensan cosas raras sobre los cometas, pero estos cuerpos celestes son numerosos y normales: el núcleo de un cometa promedio es una gran bola de nieve y polvo que mide cerca de 20 kilómetros. Pero, ¿de dónde le sale la cola a estas bolas de nieve? La explicación de este fenómeno es muy sencilla: cuando los cometas al recorrer su órbita se aproximan a una estrella —que sería el Sol en el caso de nuestro sistema— comienzan a calentarse y la nieve se convierte en gas, con lo cual aparecen sus brillantes caudas. Los cometas, al igual que los planetas, no poseen luz propia y sólo reflejan la que les llega de las estrellas, por esta razón su núcleo y su cauda brillan como si fueran un espejo que nos devuelve la luz que proyectamos.

El cometa más famoso es el Halley, pues cada 76 años pasa cerca de nuestro planeta. El Halley ha sido plasmado en muchas obras de arte, entre las que destaca el tapiz de Bayeux, tejido en 1066.

La primera gran polémica científica en nuestro país —ocurrida a finales del siglo XVII— fue una discusión sobre los cometas: se trataba de definir si estos cuerpos celestes eran sublunares, es decir si pasaban entre la Tierra y la Luna, y si causaban males a la humanidad. En ella participaron dos científicos: un jesuita alemán, Eusebio Francisco Kino, quien sostenía que los cometas provocaban desgracias y que pasaban muy cerca de nuestro planeta, y un científico novohispano, Carlos de Sigüenza y Góngora, quien en su obra *Libra astronómica y filosófica*, demostró que Kino estaba equivocado, pues los cometas son supralunares y no causan ningún daño a los seres humanos.

Portada y primera página impresa de la primera edición de la obra de Carlos de Sigüenza y Góngora.

Fotografía del cometa Halley tomada en 1910.

Las personas supersticiosas piensan equivocadamente que los cometas traen mala suerte: en 1910 algunos supusieron que la Revolución Mexicana fue provocada por el cometa Halley.

La Tierra es el tercer planeta de nuestro sistema solar.

# Tierra

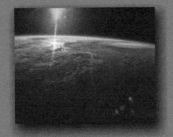

Nuestro planeta, a pesar de no ser de los más grandes del sistema solar (como Júpiter, Saturno o Neptuno) y tener un núcleo muy parecido al de algunos de sus vecinos (es de hierro y níquel), es muy especial: tiene una gran variedad de temperaturas que permiten que el agua se encuentre en estado líquido, sólido y gaseoso; posee una atmósfera rica en nitrógeno (78 por ciento), oxígeno (21 por ciento) y vapor de agua (uno por ciento), la cual lo protege de las radiaciones solares; y sus continentes "flotan" sobre la superficie de su corteza. Por estas razones —entre muchas otras— es que en la Tierra pudieron desarrollarse y evolucionar distintas formas vegetales y animales, entre las que nos encontramos los seres humanos.

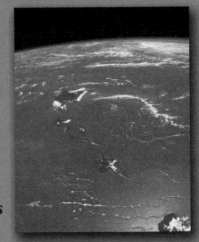

i...éste es el disfraz perfecto!

SONNE

Neum

Bahn der Erd

Vollmond

Fotografías que muestran el despegue del cohete que lleva al transbordador espacial a una de sus misiones.

## Datos básicos:

Distancia media al Sol: 149.6 mkm*

Periodo orbital: 365.25 días

Velocidad orbital: 29.8 km/s**

Periodo de rotación: 23.93 horas

Diámetro ecuatorial: 12 756 km

Satélites: 1

*millones de kilómetros.
** kilómetros por segundo.

La Luna es el satélite de la Tierra; otros planetas también poseen satélites naturales.

# Luna

La Luna —el único satélite de la Tierra— no tiene luz propia, su brillantez se debe a que refleja la luz del Sol; por eso la vemos completa, en cuarto creciente o no la podemos observar cuando nuestro planeta impide que sea iluminada. Su tamaño es una cuarta parte de la Tierra y posee un pequeño núcleo. Su corteza tiene características interesantes: posee extensas regiones oscuras que se conocen con el nombre de "mares" a pesar de que en ellos no hay agua, cuenta con zonas elevadas a las que se les ha designado como "cordilleras" y también tiene una infinidad de cráteres provocados por gran cantidad de meteoritos, lo que le da la apariencia de queso. Un dato curioso: mientras algunas personas piensan que la Luna parece un queso, los antiguos mexicanos veían en ella la forma de un conejo, que fue arrojado a la superficie lunar por uno de sus dioses.

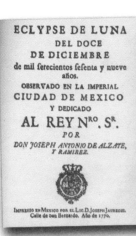

En 1779, el astrónomo novohispano José Antonio de Alzate y Ramírez publicó un riguroso estudio sobre un fenómeno astronómico que involucra a la Luna: *Eclipse de Luna del 12 de diciembre de 1779*. Ésta es una de las primeras obras de su tipo publicadas en nuestro país y contiene una serie de cálculos relacionados con la trayectoria de la sombra y la penumbra de la Luna sobre la superficie terrestre, que realizó gracias a las observaciones efectuadas con el telescopio que situó en Buenavista, un lugar al occidente del territorio que ocupaba la Ciudad de México.

## Datos básicos:

**Distancia media a la Tierra: 384 400 km**

**Periodo orbital: 27.3 días**

**Velocidad orbital: 1 km/s***

**Diámetro ecuatorial: 3 476 km**

**\* kilómetros por segundo.**

Algunas fotografías de los alunizajes y las actividades realizadas por astronautas estadounidenses en la Luna.

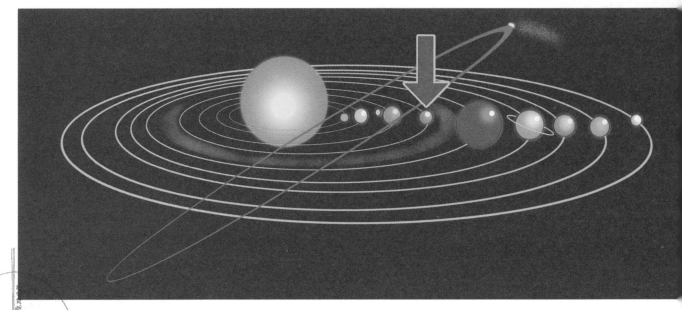

Marte es el cuatro planeta de nuestro sistema solar
y el último de los llamados planetas interiores.

Marte, el planeta rojo, debe su color a la gran cantidad de óxido de hierro que hay en su superficie, que se parece a los desiertos de la Tierra. A pesar de que tiene algunas características comunes con nuestro planeta (polos helados y valles excavados por el agua), también posee notorias diferencias: su atmósfera se compone de dióxido de carbono, nitrógeno, argón, monóxido de carbono, vapor de agua y tan sólo 0.7 por ciento de oxígeno; su temperatura sólo en raras ocasiones sobrepasa el punto de congelación y tiene dos pequeñas lunas con nombres *de miedo*: Fobos y Deimos (si quieres saber por qué estos nombres son *de miedo* asómate al diccionario y tendrás una sorpresa).

Un dato curioso de Marte es que posee el volcán más alto del sistema solar: se llama Olimpo en honor a la montaña donde habitaban los dioses griegos y tiene una altura que sobrepasa los 30 kilómetros. Por cierto, estamos seguros que en Marte no vive ningún marciano.

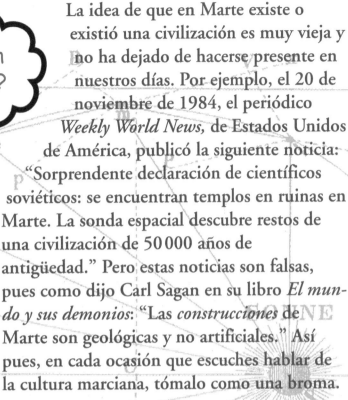

¿Así se visten los marcianos?

La idea de que en Marte existe o existió una civilización es muy vieja y no ha dejado de hacerse presente en nuestros días. Por ejemplo, el 20 de noviembre de 1984, el periódico *Weekly World News*, de Estados Unidos de América, publicó la siguiente noticia: "Sorprendente declaración de científicos soviéticos: se encuentran templos en ruinas en Marte. La sonda espacial descubre restos de una civilización de 50 000 años de antigüedad." Pero estas noticias son falsas, pues como dijo Carl Sagan en su libro *El mundo y sus demonios*: "Las *construcciones* de Marte son geológicas y no artificiales." Así pues, en cada ocasión que escuches hablar de la cultura marciana, tómalo como una broma.

¿Sabías que los observatorios en nuestro país son muy antiguos? Los más viejos datan de la época prehispánica, desde aquellos tiempos se han construido muchos más. Uno de los últimos es el de Cananea, en el estado de Sonora.

## Datos básicos:

Distancia media al Sol: 227.9 mkm*

Periodo orbital: 687 días

Velocidad orbital: 24.1 km/s**

Periodo de rotación: 24.62 horas

Diámetro ecuatorial: 6 786 km

Satélites: 2

*millones de kilómetros.
** kilómetros por segundo.

Montaje de los telescopios del observatorio de Tacubaya, en las cercanías de la Ciudad de México, 1885.

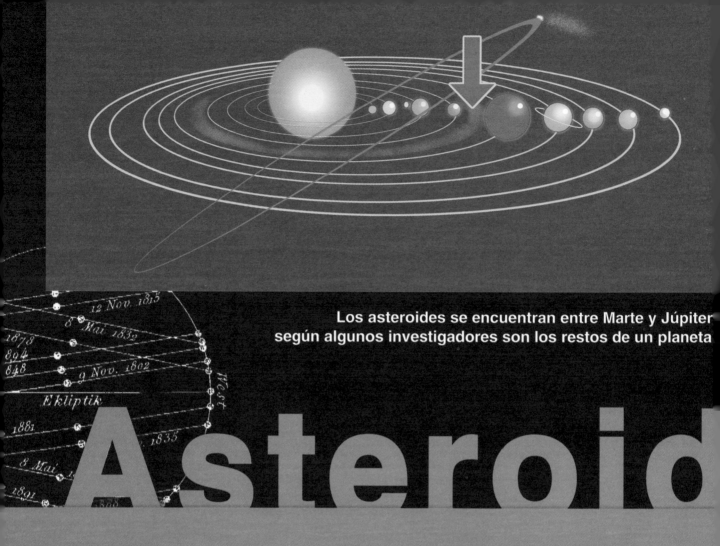

Los asteroides se encuentran entre Marte y Júpiter
según algunos investigadores son los restos de un planeta

# Asteroid

El cinturón de asteroides está formado por millones de fragmentos de roca que se encuentran entre las órbitas de Marte y Júpiter. El tamaño de los asteroides es muy variable; los más pequeños miden unos cuantos metros y los más grandes, cientos de kilómetros.

¿Te da curiosidad saber por qué existen estos cuerpos en nuestro hogar espacial? La respuesta es interesante: algunos astrónomos sostienen que el cinturón de asteroides se formó al mismo tiempo que el sistema solar y que estos fragmentos —que formarían un pequeño planeta— no lograron unirse, pues la gravedad que ejerce Júpiter sobre ellos impidió que lo hicieran y por esta razón se han mantenido como fragmentos durante millones de años. Por cierto, si estos fragmentos se hubieran unido, el planeta que formarían sería más pequeño que la Tierra.

Algunas personas confunden los asteroides con los meteoritos, pero estos cuerpos celestes son distintos. Los meteoritos son cuerpos procedentes del espacio que penetran en la atmósfera de nuestro planeta y se incendian como resultado de la fricción. Cada día caen en nuestro planeta muchísimos meteoritos. En términos generales existen tres tipos de meteoritos: los que están formados por metal —principalmente hierro—, los que son de roca y los más raros, que están formados por ambos materiales.

Seguro me confunde con un asteroide.

## ¿Es posible que un asteroide choque contra la Tierra?

Desde hace varios años, la ciencia ficción y el cine han jugado con la idea de que un asteroide pueda chocar con la Tierra. Sin embargo, los cuerpos que forman el cinturón de asteroides no pueden escapar del sitio que ocupan, pues la fuerza de gravedad de Júpiter los mantiene en ese lugar. Es necesario pensar que las películas y las fantasías sólo son el resultado de la imaginación que, a veces, nada tiene que ver con la ciencia.

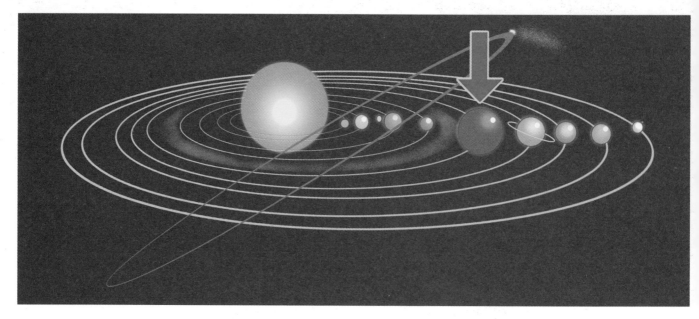

Júpiter, el más grande de los planetas, es el quinto de nuestro sistema solar.

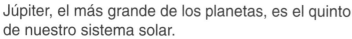

# Júpiter

Júpiter es el mayor de los planetas de nuestro hogar espacial. Es un gigante cuya masa es dos veces y media más grande que la de todos los planetas juntos, por esta razón le dieron el nombre del principal dios de los romanos. A diferencia de Mercurio, tiene un núcleo muy pequeño de roca y está formado por gas en varios estados. Su presión interna es tan grande que uno de los gases que lo forman, el hidrógeno, tiene un estado metálico y semisólido (lo cual es imposible que ocurra en nuestro planeta), esto hace que, cuando lo observamos a simple vista, Júpiter parezca una estrella muy brillante, aunque no tiene luz propia.

A pesar de su gran tamaño, Júpiter tiene uno de los movimientos de rotación más rápidos del sistema solar, lo cual, según algunos astrónomos, provoca grandes vientos y tormentas en el planeta que posee 16 satélites. Por cierto, cuando Galileo descubrió estos satélites pensó que eran planetas y los llamó "planetas mediceos" en honor a una familia italiana: los Medicis.

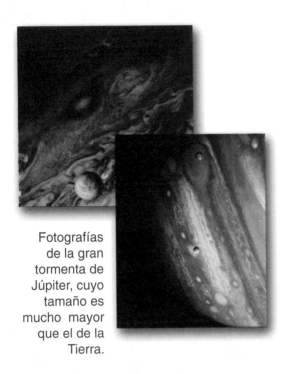

Fotografías de la gran tormenta de Júpiter, cuyo tamaño es mucho mayor que el de la Tierra.

¿Sabías que los cuatro satélites más grandes de Júpiter —descubiertos por Galileo— se llaman en la actualidad Europa, Calisto, Ganimedes e Io?

## Datos básicos:

**Distancia media al Sol: 778.3 mkm***

**Periodo orbital: 11.86 años**

**Velocidad orbital: 13.1 km/s****

**Periodo de rotación: 9.84 horas**

**Diámetro ecuatorial: 42 984 km**

**Satélites: 16**

*millones de kilómetros.
** kilómetros por segundo.

Dibujo medieval del planeta Júpiter.

¿Sabías que Júpiter, por su tamaño, ha sido uno de los planetas más observados a lo largo de la historia y que de él conservamos una gran cantidad de dibujos y planos desde los tiempos más remotos?

Saturno, el sexto planeta del sistema solar, posee una serie de anillos que le dan su forma especial.

# Saturno

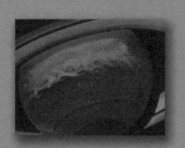

Saturno, el segundo planeta más grande del sistema solar, es inconfundible gracias a su sistema de anillos. Es un gigante de gas con un pequeño núcleo, lo cual implica que es casi tan denso como el agua y, por lo tanto, lo podríamos atravesar.

Su atmósfera es muy parecida a la de Júpiter, está compuesta de hidrógeno, helio, metano, amoniaco y vapor de agua, aunque es mucho más fría, pues este planeta está más lejos del Sol y sus nubes son mucho más densas. Al igual que su vecino, tiene una rotación muy rápida y una protuberancia en el ecuador, la cual se debe a que en esta zona la velocidad de rotación es mayor que en sus polos.

Este planeta debe su nombre al dios romano que controlaba el tiempo y tenía la pésima costumbre de comerse a sus hijos.

Los anillos de Saturno son muy delgados: tienen menos de 200 kilómetros de espesor, pero poseen un diámetro muy grande: 270 000 kilómetros. No se sabe con certeza cuál es su origen; sin embargo, se tienen varias hipótesis a este respecto: algunos científicos piensan que son los restos de un satélite que se desintegró, otros creen que son los restos de la nebulosa primitiva que originó a nuestro hogar espacial, los cuales no pudieron condensarse en un cuerpo rocoso debido a que no tenían la suficiente densidad.

## Datos básicos:

Distancia media al Sol: 1 427 mkm*

Periodo orbital: 29.46 años

Velocidad orbital: 9.6 km/s**

Periodo de rotación: 10.23 horas

Diámetro ecuatorial: 120 536 km

Satélites: 18

*millones de kilómetros.
** kilómetros por segundo.

Urano es el séptimo planeta de nuestro sistema solar.

# Urano

Urano, al igual que Júpiter y Saturno, es un gigante de gas helado cuya superficie apenas conocemos: las fotografías que le han tomado sólo muestran nubes de metano congelado. Sin embargo, sabemos que posee un núcleo de roca rodeado de hielo; los astrónomos también han descubierto que su atmósfera se compone de hidrógeno, helio y metano, lo cual la hace irrespirable para los humanos. A pesar de parecerse a sus vecinos, Urano tiene una cualidad muy especial: este planeta y sus anillos están mucho más inclinados que los de los demás cuerpos de nuestro hogar espacial, esto pudo ser resultado de un choque: es posible que hace varios millones de años un cuerpo celeste se haya estrellado contra Urano y le haya hecho cambiar su eje.

Un dato curioso sobre este planeta es que sus 15 satélites tienen los nombres de algunos personajes de las obras de Shakespeare: Cordelia, Desdémona, Julieta y Portia, entre otros.

Los griegos pensaban que las musas vivían en el Parnaso y protegían al arte. Los nombres de estas deidades eran Clío, Euterpe, Talía, Melpómene, Terpsícore, Érato, Polimnia, Caliope y Urania. Esta última, que dio nombre a uno de los planetas del sistema solar, reinaba en el espacio, pues según los griegos la poesía llegaba hasta el cielo y desde este lugar se propagaba por todo el universo. Con este nombre, los investigadores hicieron un homenaje a la musa que protege a los estudiosos del cielo.

Mi verdadero nombre es Herculano Luciano Ponciano y soy del mero mero Urano.

## Datos básicos:

Distancia media al Sol: 2 871 mkm*

Periodo orbital: 84 años

Velocidad orbital: 6.8 km/s**

Periodo de rotación: 17.9 horas

Diámetro ecuatorial: 51 118 km

Satélites: 15

*millones de kilómetros.
** kilómetros por segundo.

Neptuno es el octavo planeta de nuestro sistema solar.

# Neptuno

Neptuno es el último de los planetas gaseosos; su luz es demasiado débil para ser vista desde la Tierra y por esta razón fue descubrierto mediante cálculos matemáticos. Tiene un núcleo rocoso, un sistema de tres anillos y una atmósfera de hidrógeno, helio y metano. Un dato curioso es que este planeta irradia 2.6 veces el calor que recibe, lo cual ha hecho pensar a los astrónomos que Neptuno tiene una fuente interna de calor.

Otro hecho interesante de este planeta es su llamada "gran mancha oscura", una inmensa tormenta del tamaño de nuestro planeta que gira en sentido contrario a las manecillas del reloj; este fenómeno es muy similar al que ocurre en Júpiter y su tormenta. Este planeta recibió su nombre del dios romano del mar.

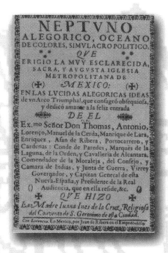

El dios Neptuno no sólo dio nombre a uno de los planetas de nuestro hogar espacial, también ha sido motivo de algunas obras artísticas. Un ejemplo de esto nos lo ofrece un poema de sor Juana Inés de la Cruz: *Neptuno alegórico*, escrito en 1680 con motivo de la llegada de un nuevo virrey al territorio novohispano: el Marqués de la Laguna, quien sería un gran protector de la poetisa.

¿Verdad que soy idéntico al papá de la sirenita?

## Datos básicos:

Distancia media al Sol: 4 497 mkm*

Periodo orbital: 164.8 años

Velocidad orbital: 5.4 km/s**

Periodo de rotación: 19.2 horas

Diámetro ecuatorial: 49 528 km

Satélites: 8

*millones de kilómetros.
** kilómetros por segundo.

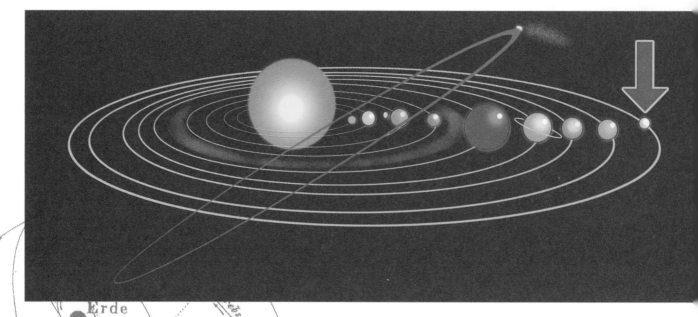

Plutón es el noveno planeta de nuestro sistema solar.

# Plutón

Plutón es el planeta más lejano al Sol y, al igual que Venus, rota en sentido contrario. Debido a su lejanía, Plutón es el integrante de nuestro hogar espacial del que menos información poseemos, apenas conocemos algunos datos sobre él: tiene un gran núcleo de roca y una superficie helada de agua y metano, también sabemos que su atmósfera contiene metano y nitrógeno, y que posee un satélite —Caronte— cuyo movimiento está sincronizado, razón por la cual siempre se muestran la misma cara. A pesar de que Plutón es el más lejano de los planetas, en algunos momentos de su rotación alrededor del Sol, se acerca más a esta estrella que Neptuno, pues su órbita es un poco distinta de la que tienen los restantes miembros del sistema solar.

El nombre de este planeta se debe al dios romano del Tártaro, y el de su satélite, al del barquero que conduce las almas de los hombres a través del río Aqueronte.

Plutón está tan lejos del Sol que nos obliga a hacernos una pregunta sobre la luz y la energía: ¿cuánto tiempo tardaríamos en darnos cuenta los seres humanos de algún cambio importante en nuestra estrella? Imagina por un momento que de repente el Sol se apagara o explotara, en la Tierra sólo podríamos observar este fenómeno unos ocho minutos y medio después de que ocurriera, pues éste es el tiempo que tarda en llegar la luz del Sol a nuestro planeta. ¿Te imaginas cuánto tiempo más necesitaría esta energía para llegar al lejano Plutón?

No es cierto que mientras más lejos del Sol, mejor; ¡aquí hace muchísimo fríiiiiiio!

## Datos básicos:

Distancia media al Sol: 5 913.5 mkm*

Periodo orbital: 248.5 años

Velocidad orbital: 4.7 km/s**

Periodo de rotación: 6.38 días

Diámetro ecuatorial: 2 300 km

Satélites: 1

*millones de kilómetros.
** kilómetros por segundo.

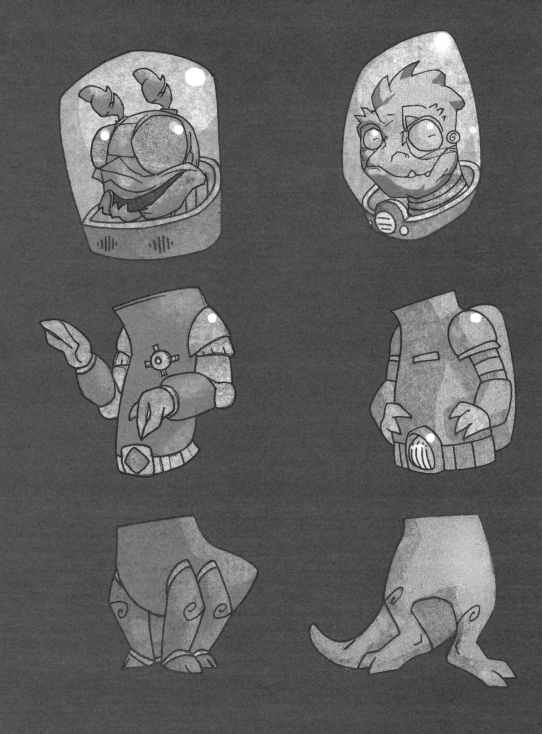

Mutantes

Para crear mutantes, sólo tienes que copiar esta página, recortar cada uno de los segmentos de los cuerpos y mezclarlos.

La historia de las ideas cosmológicas es un territorio que pocas veces se explora con detalle en los primeros niveles educativos. Con el fin de complementar los textos que conforman esta pequeña obra, me permito sugerir una serie de libros sobre el tema.

Sobre la antigüedad clásica los volúmenes de la *Historia de la filosofía griega,* de W. K. C. Guthrie son insuperables, nos ofrecen una de las mejores interpretaciones del pensamiento occidental desde los presocráticos hasta Aristóteles. Las épocas medieval y de las revoluciones pueden ser abordadas a través de los libros de A. Koyré, Frances Yates y, sobre todo, gracias a la obra monumental de Arthur Koestler: *Los sonámbulos*, que marcó mi interés por la astronomía.

Sobre la vida y la obra de muchos de los científicos y filósofos presentados en este libro puede verse la colección *Viajeros del conocimien-*

*to*, uno de los proyectos de divulgación de la ciencia con mayor duración que se han realizado en nuestro país. En el caso de la ciencia en general, pueden verse dos obras de singular importancia: la *Autobiografía de la ciencia,* de F. R. Moulton y J.J. Schiffers y *Los descubridores,* de Daniel J. Boorstin. Para estudiar la historia de la ciencia en nuestro país también existen obras de singular importancia: el trabajo que realizó Elías Trabulse que abarca desde el siglo XVI hasta el XIX y algunos volúmenes de la colección *La ciencia desde México.*

## Agradecimientos

Este libro nació hace varios años, su origen está vinculado con dos astrónomos: Antonio Sánchez Ibarra y José de la Herrán, quienes me iniciaron en la maravilla del cosmos. A ellos les doy las gracias por las consecuencias de sus charlas mientras se montaba el telescopio de Cananea. Asimismo, doy las gracias a Columba F. Domínguez y a Antonio Hernández Estrella, sin ellos este proyecto no hubiera llegado a buen puerto. También es necesario dar crédito del apoyo que recibí del equipo de Alfaguara Infantil, cuyo ojo crítico convirtió a este libro en lo que es. Por último, deseo dejar constancia del apoyo que me proporcionaron dos amigos y terribles críticos: Vicente Herrasti y Arnoldo Langner. Los aciertos de esta obra pertenecen a ellos y sus errores sólo son de mi factura. Una mención especial merece mi asesor eterno: Demián Trueba.

Este libro terminó de imprimirse en abril
de 2003 en Grupo Caz, Marcos Carrillo núm. 159,
Col. Asturias, C. P. 06850, México, D. F.